Be

the

real

you

我们都会好好的

不安没关系，
脆弱与寂寞也没关系，
今天的你会很好，明天也是

Be the real you

肆一

中国出版集团
现代出版社

自序

我们都会好好的

因为不安而刻意微笑着；因为脆弱而逞强着；因为寂寞而倔强着……然后开始觉得自己不像是自己了。于是在夜里关上房门的时候，躲进梦里偷偷地讨厌自己。讨厌着这样的自己。墙上的灯照不进你的黑夜，尖叫无声无息，眼泪拉着你直往下坠。你想过要好起来，但你没有方法。你找不到方法，就像是你找不到快乐一样。也就像是，每次天黑，你都觉得天再也不会亮了一样。

接着，再看到其他人乐观开朗的样子，更加否定自己。“他们都比自己坚强”“他们都比自己优秀”……因而怀疑自己的存在、认为自己不值得被爱了。

然而，其实大家都只是把它们藏起来而已。

每个人都是一样的，会寂寞、会伤心，会觉得自己再也开心不起来了。可是，一切都会过去的，都会慢慢好起来的，即使不是现在，也会在某天，这样的日子一定存在着，你要这样相信。

只要是人，总难免有讨厌自己的时候。尤其是当那些负面情绪蔓延时，更会让人想逃开。可是，你只要知道一件事就好：你的讨厌自己，其实跟自己的不完美无关，只是因为你没有接受真正的自己。

或许，就试着不要期待自己完美吧。每个人都有优点，但也都会有缺点，不只是好的部分才是自己，那些自己避之唯恐不及的部分，都是你的一部分，它们不是你该丢弃的，而是该学着相处的。完美不一定最好，不完美也可以很好。

人生很短，只足够让你好好做自己；人生也很长，所以你要学会照顾自己。而每个人的人生终究都是自己的，无论如何都不要忘记对自己好。

《我们都会好好的》是我的第九本书了，谢谢购买这本书的朋友，是你们让我得以继续写作。其中或许也有许多人是从第一本开始就一直看我的书到现在，一定也发现了一路以来我在每本书试图做的尝试与努力，这是你们给我的能力；可能你们也会觉得是我陪伴着你们，但其实刚好相反，是你们让我觉得不孤单。能有你们做伴，我很庆幸，也很荣幸。由衷地希望这一本作品，仍能让你们有一些收获。

在离别的时候、在觉得自己很糟糕的时候，请试着松开紧握着的手，先拥抱住自己，对自己温柔。去肯定自己不完美的地方，就像认同自己的优点一样。不再终日想着幸福何时到来，而是让日子过着过着就幸福了。

人生没有指南，所以也没有标准答案。正因为如此，不妨试着去做做看吧，找出自己的步调，碰撞也没关系，继续有时喜欢自己、有时讨厌自己，都没有关系，不出发就不会知道自己能够走到哪里。专注着今天，不求多、不贪心，就算是一个人也能够很好。

试着往前走走看吧，今天的你很好，明天也是。

我们都会好好的，都要好好的。

肆一

CONTENTS 目录

START

启程——从问自己“你好吗”开始的冒险

MIDWAY

中站——
不妨，用自己的步调试着往前看看吧

CONTENTS 目录

END

终点——
现在的自己跟过去的自己说声“嗨”

哭泣的时候、颤抖的时候，
还有退缩的时候……
试着不要逃避这样的自己，
试着拥抱这样的自己。

START

启程——从问自己『你好吗』开始的冒险

感谢生命中出现的所有人，不是因为他们每一个都对自己很好，甚至总会遇到伤害自己的人，可是也总能教会自己些什么。

人生总会遇到坏的人，以后也会不断再遇到对自己不好的人，但不要因为他们改变自己的梦想与初心，不要让自己受罪。

你要学着为自己坚强起来，直到坚强成为你的武器。

不是你不够好，只是对自己不够好

若只是看着缺点，永远都会觉得自己不好；
只要学会凝视自己，就会发现自己的身上一定有值得夸耀的地方。

你是否常常会否定自己？

可能因为一句批评、一个不认同的眼神，或只是冷淡一点的回应，就觉得受了伤。

跟着会开始否定自己，觉得自己一定是哪里不够好，或是做错了什么，否则对方为什么这样对待自己？负面的情绪会开始蔓延，就像是楼上人家有个小孩在奔跑着，天花板终日发出声响一样困扰着自己。

可是越是遇到这样的状况，我们通常想到的解决方法却都是去讨好对方。

会忍不住越是想要去付出，努力做些对方喜欢的事，讨对方欢心，觉得只要赢回了他的关爱，天花板的脚步声就会消失。

讨好是一颗给小孩的糖果。

可是，不久之后就又会出现小孩的脚步声，于是你又开始讨好，周而复始。接着逐渐会觉得辛苦，但同时仍在坚持努力着；因为害怕一旦停止讨好，声响就会越来越大。

然而，**其实人是无法被讨好的**。

只要这样想就会舒坦许多。因为世界上有多少人，就会有多少不同的声音，任凭你再努力都无法让声音全部停止。

努力去做到讨好这件事，其实是白费力气。

此时，不妨就好好看看自己吧。

你一定也有优点吧。

只是优点这件事也很个人，在你身上成立的，不一定对方就会认同，优点就是这样的东西，所谓的足够并不存在。

但就因为这样，反过来说，其实也等于是都足够了。

你有缺点是正常的，但有缺点的自己并不表示不够好，若你只是看着缺点，永远都会觉得自己不够好，无论如何都要记得这件事。只要学会凝视自己，就会发现自己的身上一定也有值得夸耀的地方。

不是你不够好，只是你忘了要对自己好。

试着找出自己的优点吧。

讨好，
是一颗给小孩的糖果

被拒绝，很受伤，我知道。

尤其那些未知的等待，常常都是非常折磨人的。
但这是一种常态。

人生本来就不是只有应和，就跟舍与得一样，
都是一种必然。
所以你要接受这点，继续去爱人，直到无法再爱为止。

因为，
宁愿当个败将，也不要当个胆小鬼。

练习凝视自己，
先讨好自己

别人对自己的喜欢，都要从自己先喜欢自己出发

不要去想着别人怎么看自己，
重要的是，自己怎么看待自己。

比起说是因为敏感，会过分在意别人眼光的人，我觉得反而更大的原因是来自于缺乏自信。

因为没有自信，才会在别人还没对自己做出评价时，就先怀疑自己；因为没有自信，所以在事情还没有定论的时候，就觉得注定会失败。当别人在背后说悄悄话的时候，也会怀疑对方是不是在讨论自己，他们是不是在说自己的不是？是不是自己哪里犯了错？因而开始疑神疑鬼。

没有自信最大的症结点，其实是自己先否定了自己。

否定自己就像是一串鞭炮的导线，会点燃一连串负面的情绪。

可是，再仔细思考，会疑惑：别人的评价对自己来说一定

从现在出发，开始试着做真正的自己吧

重要吗？为什么要把他人的意见看得如此慎重呢？

你可能会说：

“因为每个人都想要被赞美。”

“因为大家都想要被认同。”

……但说穿了，其实只是因为害怕被讨厌。

“没有人想要被讨厌呀！”你也会这样说。

我也认同。

以前我也很害怕被讨厌，在意得不得了。

尤其是开始写作的时候，难免会听到一些讨厌自己的言论，一开始其实很在意，时常会想起，拼命想要解释。

也会试着做一些脑海中假设他们可能会喜欢的事情，但之后回想起来会发现有点儿好笑，**因为自己竟然为了不喜欢自己的人在改变，而忽略了原本喜欢自己的人，本末倒置。**

事实更只是，不喜欢自己的人并没有因此而多喜欢自己一点，自己却不像是自己了。

而当察觉永远都解释不完时，又感到万分沮丧。但让我开始觉得释怀的，也是因为这件事。

因为发现了，有些人讨厌你是因为误解，但有些人则是因为偏见。

偏见是错的，但因为我们是人，所以会犯错，就连自己也会莫名其妙去讨厌一个人，你必须先理解这点才能释怀。偏见无法说服，而且光想着要一一去解释，这样的生活也太累了。

但这也并不是说要任凭别人造谣与误解，而是你只能选择“自己要解释什么，又要解释到什么程度”这件事而已，你能做到的只有这件事，之后决定权就不在自己手上了。

当自己做了自己觉得适当的解释后，也就等于把这个结交出去了，不要再把它悬在心上。

再反过来说，自己真的如他们说的那么差吗？其实不过只是立足点的差异罢了。因为站的位置不一样，所以看到的东西也不相同。

你一定也有过类似的经验吧，两个人去了同样一个地方参观，但回来后发现彼此所看到的东西竟然完全不一样。仿佛是各自去了两个不同的地方似的。这是因为每个人重视的事情不同所导致的结果。

评价这件事也是一样，世界上没有十全十美的人，没有人可以讨全部人的喜欢。

别人是这样，自己也是，并没有不同。

因此，当因为在意别人眼光而兴起想要去讨好的念头时，不妨试着提醒自己一件事——

这世界并不是只要你努力，就可以得到所有人的认同。

每当开始在意别人的眼光时，请试着转移注意力，不要去想着别人怎么看自己，更重要的是自己怎么看待自己。**当然有缺点，但一定有值得被夸耀的地方，不过可以确定的是，一定只有你最了解自己。**

试着有自信地做自己吧。

以后的日子还是会有人讨厌你，但也一定会有人想要亲近你，**学着欣赏自己，然后尽可能客观地评价自己**，所有别人对自己的喜欢，都是要从自己先喜欢自己出发。

这世界并不是只要你努力，
就可以得到所有人的认同

关于爱情，在某些时候让你最难过的，

并不是他的决定。

而是，当你发现，原来自己自始至终，

都在他的决定之外。

也就像是，你的伤心，从来也不是由他所决定，而是因为他的不决定。

这让人灰心，你感觉一切都是白费。

但是，世界上没有什么是白费，

意义是人所给予的，而不是由事情来决定。

你要开始，决定自己的快乐与伤心。

学着不比较，
你只要是自己就好

“好”不应该是一种比较，没有谁比较高、谁比较低，
而更重要的是，这样的你们都很好。

人的情绪反应大都与另一个人有关，不管是好的或坏的。
而其中很大一部分是来自于比较。

“你看他做得多好，名次比你高。”
“为什么你的分数这么低？你看看他满分。”
……

从小到大我们都听过无数次这样的话语，而这些对白的共同点都是建立在“与另一个人比较”上头，这样的言语常常会打击我们的信心。它们像是在说着“自己不够好，否定着自己”。也好像说着“要跟他们一样，甚至要比他们更优秀，自己才算得上是够好，也才值得被称赞”。

会这样的原因，我想是从小我们就被教育成要跟别人竞赛的关系。不管是在课业上的成绩评比，还是再到生活领域上的

珍惜自己的好，
而你以为的『不好』
或许是刚刚好

比较，会依照分数高低排好名次位置。我们对于自我认定的最初始，许多时候是建立在数字排名上头，但自己并不自觉。

评比的目的其实是为了鼓励表现好的人，进而给大家期许自己的动力，出发点是好意，不知怎么最后却成了一种比较心理。

“他怎样，而我又该要怎样……”这样的言语像是窸窸窣窣的细微噪声，充斥在生命中，干扰着我们，变成一种习以为常。更可怕的是，后来我们也会觉得非得借由这样的比较，自己才有了具体的样子。

于是在不知不觉中，自己也会开始用与另一个人的对照产生出自我的形象。

你不是因为你是谁，而是因为别人是谁你才得以是。

到了最后，这几乎变成了一种本能的反应：用另一个人来评判自己。也因此常常像是在追逐一样，不断地往前跑，觉得很辛苦，但仍是感觉空洞，于是只好再加倍拼命。

“一定是自己不够努力的关系。”只要再努力一点就可以了。不够努力成了一种华丽的说服。

可是即使因为这样而有一点小小的成绩，被赞美了，却仍然感觉不踏实。以为追求着目标，但其实自己从来都不知道方向是什么，所以才会感到忐忑。

每个人的生命都是自己的，不要把满足别人的期待变成是自己最重要的事。

然而，自己又该是怎么样的一个人呢？怎么样才称得上是自己呢？**找到自己是一件很难的事，却没有标准答案，你只能去试了才会发现。**

因为时间在往前走，人会一直成长，而“自己”也可能是随时都在变化，但不变的是，这个答案只有你自己知道。什么是你最在乎、什么又让你感到自在开心，你得靠自己去找出来。

他运动很厉害，你有美术天分；他很会歌唱，但你节奏感很好；他数学拿手，你则对文字敏感……每个人的优点都不一样。

你的努力，应该是去成就自己的天赋，往自己向往的方向前进。

“好”不应该是一种比较，没有谁比较高谁比较低，而更重要的是，这样的自己都很好。

放弃与另一个人相较，才能够正视自己的好，进而去珍惜。

不要试着拼了命地要让自己变得完美，因为完美的定义因人而异，你眼中的好，有可能恰巧就是另一个人的不好。而反过来说，也就是**因为那些不够完美，才让我们得以变得独特，不会面目模糊**。

那些你所认为的不好，其实常常都是刚刚好。

不是比别人厉害，才能称得上好。

学着不再和他人比较，不再觉得别人所拥有的比自己好、比自己厉害，也不再想着要满足他人，去珍视自己所拥有的部分。

你不用跟别人一样，你只要是你自己就好。

每个人都想要一个完美的对象，
也拥有权利去追求，没人可以阻止。

但爱情，常常应该是，
选定了，就再也不要看其他。
你可以不要，但千万不能，
要了之后，还不甘心。

自己一定也拥有着
别人想要的东西

每个人都有自己所擅长的部分，试着去发掘它并为它努力，
那是专属于你独一无二的东西。

人会对另外一个人产生嫉妒的心情，多半是因为对方拥有自己所没有的东西。

“也好想得到”或是“好喜欢他拥有的东西啊”……嫉妒的另外一面应该就是这些话语吧。

人是种很奇妙的生物，对于自己不在意的东西其实并不会投以关注，取而代之会是一种冷漠不在乎的态度，只有对自己在意的事物才会有情绪波动。嫉妒就是其中一种。

换个角度来说，**嫉妒也可以说是成功的另一种代名词**。

有些人也会将羡慕与嫉妒视为一样的东西，但两者并不相同，前者是一种单纯的向往，然而后者则包含了负面的情绪在其中。

所谓的『更好』，应该是要更像自己

某回与一个前辈作家聊天时，他说了一句让我印象深刻的话：“虽然我自己并不喜欢某个作家，但外面的人说他是因为运气好才走红的，那是错的。因为我们是差不多时间出道，他熬了多久才开始被看见，我很清楚。虽然我不喜欢他，但那样的说法对他太不公平。”

那时候我才有点儿惊觉，**原来我们对于另外一个人的嫉妒，其实是包含着自己的无知**。

一个人会有所成绩，一定是在某个地方做了你没看到的事、做了你不知道的努力。但就是因为当时默默无闻，所以自己才无所察觉，等到他成功之后才发现这个人的存在。

他不是突然出现的，而是在自己没看到的时候，拼命地在努力着，然后得以成功。试着去发掘这些，并且看看在自己身上能否起作用。

以前的我比较容易去嫉妒别人，觉得自己明明很努力，但为何成绩不如人？怀抱着怨怼的心情，充满负面的能量，但当时只会觉得自己是怀才不遇。殊不知在其他人眼中，自己其实仍不具备成功的条件。

因为，**成功不是只要够努力就行，而是一直努力到它长出果实。光努力不够，重要的是持续**。

现在的自己则较不会轻易嫉妒他人，不是因为有了一点点成绩的关系，而是打心里面发现："自己一定也拥有着别人想要的东西吧。"

这跟自己是否功成名就或是拥有多大的财富无关，就像是单身的人迫切想要谈恋爱，结婚的人看到单身的人无所拘束也心生羡慕。人就是这样的生物，会不断寻求自己缺乏的东西。

因此，说不定另外一个人也正在羡慕着自己，努力想要变得跟自己一样。其实自己也有属于自己特别的专长。只要可以这样想，心里就会感觉安稳许多。

其中嫉妒更糟糕的是，它会蒙蔽我们的眼睛。

因为太想拥有，而忽略了那样东西其实根本就不适合自己。

在他人身上看起来恰如其分的东西，其实都是包含了当事人自身的条件与状态，若不明就里地硬往自己身上套，最后也只是坏了原本的美事。

当然，每个人都会想要让自己变得更好，**可是所谓的“更好”，并不是要你去像另一个人，而是像自己**。

不是去模仿他人的样子，而是试着将对方的精神或方法运用在自己专擅的方面，借此让自己扎实。

不要去嫉妒，而是去大方地羡慕一个人，并怀抱着祝福。试着把这些对自己的不满足，拿它们来驱使自己不断前进，去创造出自己想要的生活。

每个人都有自己所擅长的部分，试着去找出它并为它努力，那是专属于你独一无二的东西。

总难免，有时候还是会羡慕别人吧。

当发现谁拥有的比自己好，
或是谁突然走到自己的前头时。
甚至偶尔，你还会抱持着疑惑，
觉得对方“凭什么”。
然后一不小心羡慕就成了带有恶意的嫉妒。

可是，世界上没有什么东西是可以不劳而获的，
他一定付出了你没看到的努力。

越是这样的时候，越要回头看看自己的初衷，
提醒自己把它找回来。

有时或许缓慢了一点，但至少脚踏实地，
至少心安理得，这样得到的快乐也会自在一点。

试着
不后悔地生活

珍惜当下，不管是好还是坏，
因为那是自己唯一可以拥有的东西。

每个人都会想要拥有不后悔的人生。

因为后悔是种很可怕的感受。

它就像是坏掉的影片，不断在脑海中重复播放着特定的片段，逼迫你回想，夹杂着遗憾，然后假设在某个情节里，自己若做了不一样的决定，是否现在就会不一样。

这是后悔最糟糕的部分，它会让你产生错觉自己可能有机会可以重新选择。

它让你不断陷入“如果”的情境当中，忘了现在。

然而，世界上大多数的事情都没有第二次的机会。就如同此刻懊悔的心情一样。

有时更会想着如果有超能力该有多好？就像是电影《真

我们唯一可以拥有的，
不是过去、未来，
而是当下

爱每一天》里的男主角一样，可以不断回去某一个片段、某一个时刻，修补错误。不满意了，就再回到事情发生之前；犯了错，就再重新修正；即使是失败了两次，都还可以再重新来过。

这其实是一种可以肆无忌惮犯错的暗示。

对生命你可以不经思考、无须负责，人们所说的人生课题，都可以经由这一项超能力得以不断修正。

可是，这样的人生就一定会比较顺遂吗？并不一定。

因为人生里的未知数不是我们可以预测，修正了这一次，连带就会影响下一步，跟着再牵连到之后……一直想着要重来的结果只会是疲于奔命于不断重来。重来一次，只能帮你修正一次的错误，但保证不了以后。

电影里男女主角婚礼当天刚好下了一场大雨，每个人都淋

成了落汤鸡，因此男主角问女主角：“如果可以选择，你会想要换一天重来婚礼吗？”而女主角的回答则是：“不会。”

到头来，**比起再重来一次更强大的，是珍惜当下**。

珍惜当下，不管是好还是坏。

因为那是自己唯一可以拥有的东西。

或许**人生珍贵的地方之一，便是在于它的一次性**。这些一次又一次发生的事情堆叠出生命的样子，也推动着自己往前走，你之所以能够走到今天，都是因为靠它们组合而成，而其中也包含着那些让自己后悔的事情。

后悔让我们得以学会珍惜，遗憾使你变得更好。

而之所以会有后悔的情绪，里头大都也包含着“对自己的埋怨”，对当初不够努力的自己、不够坚持的自己，甚至更多的是选择了不是自己的选择，因而所衍生出的抱怨。

人本来就是群居生物，总会有来自四面八方的声音干扰着自己，有些话听起来也很有道理，要单单只为自己活着更是不可能，甚至会被解读为自私。不想伤害别人，最后却伤害了自己。

可是别忘了，你的人生是自己的。你要活得像自己。

别人的情节再动人，若自己无法接受，对你来说就是不好。

如果可以选择，为什么不选择聆听自己的声音？是因为对自己不够有自信，所以才把选择权交出去吗？但如果你能够相信别人所说的话，其实就正好表示着，你也可以去试着相信自己。

后悔没有解药，要避免后悔的方法，我想大概就是做忠于自己的决定，然后承担。

当然，这并不是说只要忠于自己就不会再犯错，也不会再有遗憾了。而是若错了，也会是个属于自己的错误，至少你可以感到踏实，觉得对得起自己。

感觉对得起自己，就是后悔的解药。

如此等到日后回过头再看“此刻”，就不会有“想当初”的感慨了。

想要有不后悔的人生，那么至少试着现在开始就不后悔地活着。试着努力看看吧。

觉得“对得起自己了”，

就是后悔的解药

刚刚好的
烦恼

所谓的“刚刚好”其实是因人而异，
对我来说，就是只去思考自己能力所及的部分。

向他人提问“你觉得我会不会想太多了”，
是一件无法获得解答的事。
因为，会不会想太多，完全是因人而异。
什么样叫多，什么样又叫少，其实没有标准可以依循。

我平常是个不吃辣的人，并不是完全无法吃，只是吃不多。偶尔也会跟朋友去吃麻辣火锅，只是一般时候不会主动要求要吃辣，纯粹是一种关于饮食的习惯。

但若是去到以辣为主的餐厅，菜单上常常会用辣椒图示的多寡来标示辣味的程度，放眼望去没有辣椒图案的菜少之又少。因此我总会忍不住问服务生：“请问你们标示一条辣椒的菜会很辣吗？”

“‘我个人’是觉得还好。”常常会得到这样的回答。“我个人”，对方往往会特别强调这三个字。

即使有量表，也只能标注出辣的程度，而无法说明每个人对辣的接受度。

这是因为味觉这件事是很主观的认定。

其实“是否想太多”这件事也是一样。

世界卫生组织定期会公布每日建议的糖分摄取量，但要“想多少”才称得上是健康范围？却没有标准可以参考。因为**人的情感并不像生理一样，可以量化**。

尤其对心思比较纤细的人来说，更是如此。

“我也知道不应该胡思乱想，但我克制不了自己呀！”

“我知道该停止猜测，可是该怎么做？”

……

当每次劝他人不要想太多时，往往会得到这样的回应。

情感要是自己可以完全控制的话，那就不叫感性了。

再说人要完全没有烦恼也太过天真，因此，若无法停止思考，不如就朝“让烦恼可以刚刚好”的方向前进。

但什么又是“刚刚好的烦恼”呢？

就如之前所说的，刚刚好当然也是因人而异。而对我来说，就是只去思考自己能力所及的部分。

一般说到想太多，多半是因为漫无目的地任思绪飘荡，原本的一个小点无限制地扩大，总是在烦恼着 A 点时，会连带想到 B，接着再模拟可能发生的 C……如此蔓延开，原本的一个烦恼变成了无限多个，就像是把墨水滴到水里头一样。

而通常之所以会胡思乱想是因为害怕“不确定”。不确定会发生的事，所以才预设了所有的可能。最后也都因为这些可能而不断疲于奔命。

以前我也很容易胡思乱想，担心东担心西的，本来就睡眠不好，甚至会因此无法入眠，整晚思考着一百种、一千种的可能。有时会猜中，有时会猜错，但最常发生的，是即使真的准确预测到了下一步，但永远猜不到再下一步。

人的能力有限，再怎么聪明也假设不了所有的状况。所以如果是这样的话，不如把时间拿来照顾好现在的自己。

事情可能会如你想的一样发生，但也可能不会，概率可能正好就是接近一半一半。也可能会更糟，但同时也有可能会更好，唯一可以确定的是，一切都要发生了才会知道。

思考自己现在能做的是什么，不要把心思花费在不断忧虑着那些模拟的可能。

但这也并不是说要自己完全地放任，而是去厘清什么样的思考是必要的，而哪些又是不需要的。

每个人的刚刚好不同，要过完全没有烦恼的生活更是不可能，但**至少要努力去做到不自寻烦恼，这样就是刚刚好**。

不要相信“吃苦等于吃补”这句话，
因为，要是可以过得好好的，为何要吃苦？

也不要相信“吃亏就是占便宜”，
因为，如果可以两全其美，为何要浪费？

这些，都只是安慰的话，你要知道。
人生很难，也有很多的不得不，
学会苦中作乐很重要，
但，千万不要自讨苦吃。

别人给的苦，是一种不得不，
但自己给自己的，就是自找的。

不安的时候，试着凝视当下

与其使尽全力想要去消除所有不安的情绪，更重要的是学着如何摆放它，所谓的“摆放”，就是试着去辨别自己可以做到的与无法做到的事。

如果时常都感到不安，想必一定是件很难受的事吧。

尤其面对未知的东西，或是无法掌控的状况时，更是会感到忐忑。因此会试着做许多的事情，那些举动仿佛就像是一种仪式，可以消除不安的感觉。

总是预设着所有可以猜测得到的与意想不到的状况，然后为它们而忙碌，未雨绸缪。

以为只要做得越多，有一天不安就会消失。

但就因为并不知道“什么东西”可以消除不安，所以只能拼命去做，想要借由多做一些什么来确保多一点什么。或者是说，自己也并不确定这样的“东西”是否存在着。

“多做总是没错吧！”

因此这样的想法会在心中无限地蔓延。它是自己用来支撑

做自己能做的事，不再试图做好全部的事

继续多做些什么的动力。

在心中，不安就像是一个大黑洞般的存在，只能不断把东西往里头倒，希望可以填满。

然而，不安还是存在。

它并没有因为自己多做了些什么而不见了，可能减少了一些，但仍是醒目地存在。

“一定是自己做得还不够。”于是又会找到其他事情去做，拼着命想填补空洞。我曾经这样经历过。

因为不确定感，所以感到不安；再因为不安，而盲目地努力；又因为努力未果，所以开始退缩……以为是一种自我保护，到了最后，就只剩下不安而已。

真正让我开始感到如释重负的，是发现**其实不安是无法消失的**。

以前会以为，只要长大了，不安就会消失，对于未来会更加肯定踏实。可是后来才发现，在不同的年纪、不同的时刻，它原来会以各种不同的面貌出现在自己的生命里，一辈子都跟随着自己。既然是这样的话，那么就不用急于非排除掉它不可了。

有时候你以为自己好了、够坚强了，但随即又会发生其他的事，让你发现自己的脆弱，接着会再次感到挫败。

可是，会有这样的感受，单纯是因为自己把不安当成了一个错误，急需修正。

其实每个人都是一样的，都会感到不安，面对未知的事情都会犹豫惶恐。原来大家都是跟自己一样，只要这样去思考就会轻松一点。

然而，真的要试着去感受不安也是一件困难的事情，承认它的存在也不会解答自己的问题。这或许是因为不安本来就是一个自然的存在，本来就不会消失。

因此，只要不觉得不安仅仅是一种负面象征的代表，反而就能感到如释重负。与其使尽全力想要去消除所有不安的情绪，不如学着如何摆放它。

基隆市公車管理
望海巷站

基隆市公車管理處
望海巷站

所谓的“摆放”也不是指放着不管，而是试着去辨别自己可以做到的与无法做到的事。

一直假想着“可能”会发生的事其实于事无补，因为真实生活永远都会有超出我们想象的事情发生。若是这样，就不妨专注于当下。专注此时能够做到的事。

当下，其实才是消弭不安的最好方法。

再怎么努力，人的一生都是无法周全地活着的。

当然我们每个人都会想要尽力做到最好，防患于未然，可是常常就是因为把重心都摆在那些未知的事情上头，反而忽略了此刻的自己。反过来说，也就是因为忘了当下的重要，所以才会感到不安。

做自己现在能做的事，而不是试图要做好全部的事，当觉得不安不那么重要的时候，不安自然就会消失了。

当你能够专心地凝视着当下的时候，不安就不会是你最在意的事了。

肆一说 好好爱自己

不安时，
记得先专注于当下

“能做到了，或许就能幸福了。”

常常在试着鼓励大家的文章的下方回应，
会看到这样的一句话——
“说得容易，做得到的有几个？”

其实我也会感到不安与无力，我们都一样。
可是，每个人也都是努力想要让自己幸福，
不管是以何种形式。

保持信念始终如一很难，人生也总是不容易，
但我总是这样相信，
能做到了，或许就能幸福了。

虽然也只是或许，因为人生本来就无法保证。
但重要的是，你要先相信自己所相信的，
并且去试着努力，而不是等着谁来让你相信。

就像是，你要先让自己好了，
而不是有爱了，才好了。

寂寞是
人生的必需品

即使是有了最亲近的人陪伴，但再怎么靠近与理解，
一个人永远都无法完全了解另一个人。

如果把“寂寞”比喻成一件物品的话，
我觉得它是人生的必需品。
不是需要，而是必要。
因为**每个人一辈子都需要跟寂寞相处，谁也不能避免**。

是寂寞让我养成了散步的习惯。

因为住的地方离河堤不远，因此有一段时间我经常去河堤散步。也并不是因为想要去哪个地方而去了河堤，反而是因为不知道要去哪里，所以就指着地图上没去过的、步行距离可以到达的地方说：“不然就去这里看看吧。”

通常都会是选在午后阳光比较和煦的时刻去。当时是刚来台北工作的时候，并没有什么朋友，虽然有许多同学都同样在台北工作，但稍有交情的只有几位，大家也各有各的事要忙碌，

可以和寂寞相处，
也就能跟自己处得好

有各自的朋友圈，并不是能够有空时时碰面，所以周末假日时，常常是要一个人度过。

散步的时候，通常只是听着音乐，然后不断地走着，偶尔会有驻足休息的片刻，但大多数的时间只是在走路。而脑海中，有时会想事情，但有时候则是什么都不想。走路，是最重要的事。印象很深刻的是，那个时候几乎一整天都不会使用到喉咙。没有说话的对象，买东西时也不一定要开口，所以声音无用武之地。甚至偶尔会忘了自己拥有说话能力。

不过老实说，当时的自己并没有深刻感受到“寂寞”这件事。

更正确地说，应该是，我知道自己是“一个人”，却不觉得这是一件要不得的事。当然有时会很想跟谁说话或是感到寂寞，但并不觉得无法忍受。

现在回头想想，自己是在不知不觉的状况下接受了寂寞的存在。而能够这样的原因，大概是我打心里觉得：寂寞并不是一个奇怪的存在。

再说，即使是否定寂寞，它也不会消失，反而因此可以坦然接受它的存在。

只要是人，在某些时刻都会感到寂寞。

相信每个人或多或少都有类似的经验吧，因为担心落单，所以勉强自己去参加不喜欢的聚会，却发现越是吵闹就越觉得自己格格不入；因为不想要孤单度过周末夜，所以吆喝着朋友去狂欢喝酒，能多晚回到家就多晚，然后在回家的路上，却发现寂寞的感受更强烈了。

寂寞不是消失了，只是被热闹的气氛、喧哗的声调掩盖而已，它始终都悄悄地在一旁张望着。

你仍是寂寞着。

在某次深夜回家的路上，我忍不住想：大家都是如何度过这样的时刻呢？

那些狂欢回家后的每个人，是怎么面对打开门的那一刻所迎面而来的寂寞气味？在要掏出钥匙的片刻需不需要花上很大的力气，或觉得松一口气终于回到家了，还是很想逃出去呢？

也就是因为这样的提问，我才发觉到，其实每个人都有自己的寂寞要品尝。

只是我们常常看到外面光鲜亮丽的那一面，而忽略了背后隐藏的另一面。

寂寞跟自己身边是否有人陪，其实没有关联。

因为**寂寞更是一种心里头的感受，可能来自不被理解、不被认同、一种轻飘飘不踏实的滋味**。

甚至可以进一步地说，即使是有了最亲近的人陪伴，但再怎么靠近与理解，一个人永远都无法完全了解另一个人。

寂寞，可以说是身而为人的附属，一种必需。

然而反过来说，也就**因为会感到寂寞，因此我们会更想亲近他人，也才得以跟另一个人产生联系**，但这样的举动也就更说明了它的存在。每个人都必须面对自己的寂寞。

最好的方法应该是学会和自己相处，若只是一味地向外寻求不寂寞，到头来常常只是被它给反扑而已。

人会随着时间不断地长大，也会不断地移动，不一定是居住的地方，也可能是公司，因此身边的人会来来去去，不断认识新的人，但也不断失去旧的。只是有的人会待得久一点，有些人短一些，如此的差异罢了。

没有谁可以保证能够永远陪伴着彼此，也只有自己可以陪伴自己到最后。

这是因为人生本来就是一趟旅程，谁都是陪谁走一段路而已。

说不要去害怕寂寞可能还是很难做到，但至少可以试着少花一点时间去在意它，**然后把时间拿来学着跟自己相处。**

去思考自己已经拥有些什么，或是可以靠自己去创造些什么。

现在我还是很喜欢散步，但地点不一定是河堤，附近的公园也可以。也不再是因为感受到寂寞而去散步，而是因为不管在什么地方、不管是不是一个人，都可以跟自己处得好。

每个人都有自己的人生。

你不能要求他空出时间跟你聊天，即使对谈是一种最低限度的关系联结；你也不能要求他非要与你约会，即使见面是一种基本的亲密建立。

当他把其他事情摆到你的前头时，他只不过是试着在对自己的人生负责而已。

因此，你不能要求他为你做什么。因为，如果你对他而言重要的话，他会记得那些不要紧却重要的小事。

他会记得的。

而你更要记得的是，你也该为自己的人生负责。

MIDWAY

中站——

不妨，用自己的步调
试着往前看看吧

中站——不妨，用自己的步调试着往前看看吧

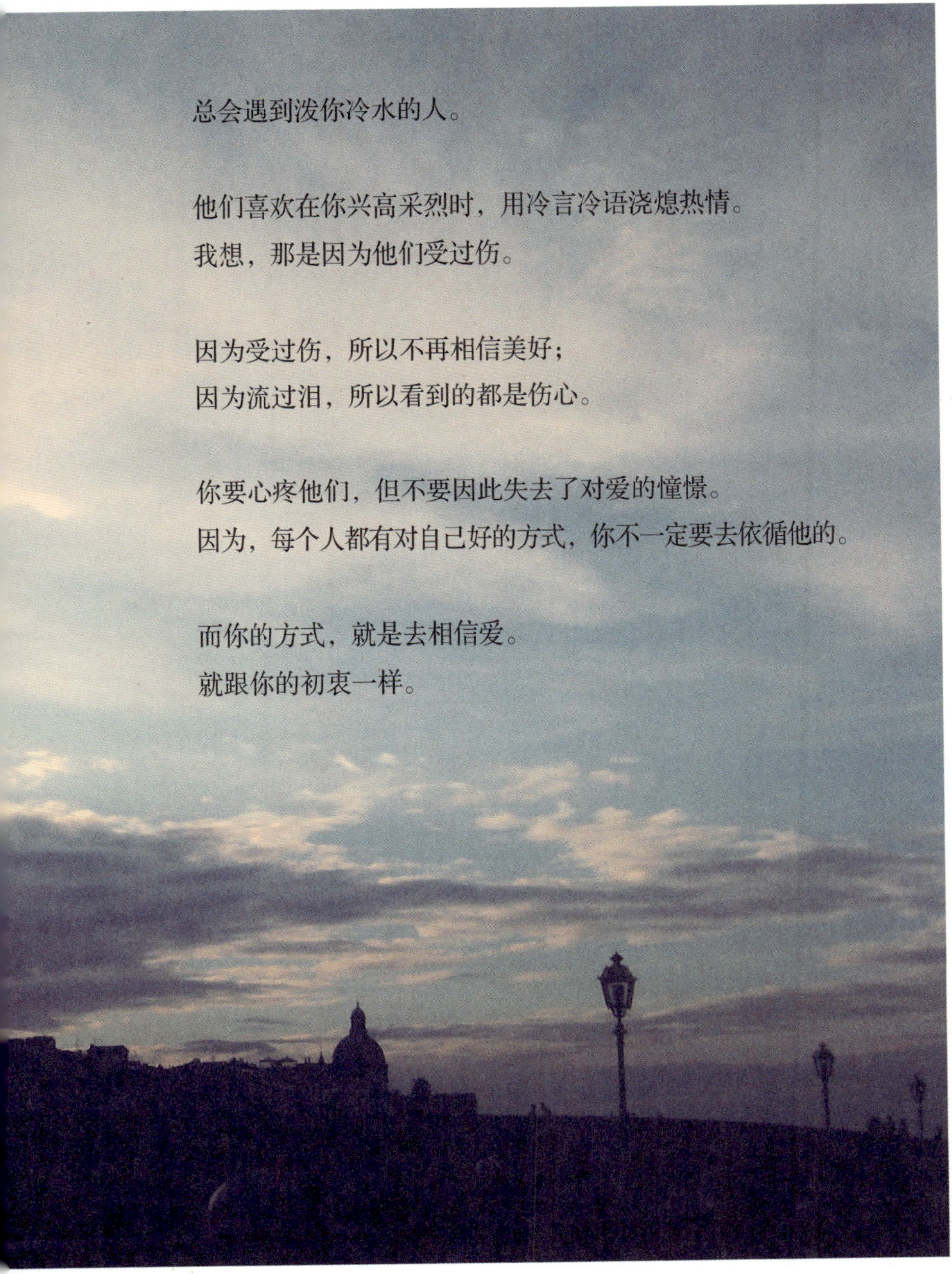

总会遇到泼你冷水的人。

他们喜欢在你兴高采烈时，用冷言冷语浇熄热情。
我想，那是因为他们受过伤。

因为受过伤，所以不再相信美好；
因为流过泪，所以看到的都是伤心。

你要心疼他们，但不要因此失去了对爱的憧憬。
因为，每个人都有对自己好的方式，你不一定要去依循他的。

而你的方式，就是去相信爱。
就跟你的初衷一样。

承认自己
不是世界的中心

“对自己好”，并不是把所有的好事都放在自己身上，
而是在世界里找到跟自己好好相处的方式，同时也可以跟别人处得好。

有一阵子，自己常常生气。

先是对自己生着闷气，接着再把气出到周围的人身上，而且都是在不自觉的状况下。

通常都是小事，可能只是谁做了自己不喜欢的事、谁说了什么不中听的话，大致而言就是不顺自己的意，因而生气了。

但后来才体悟到，为什么对方要顺自己的意呢？他有自己的人生、自己快乐的方法，而要他事事配合自己，不也等于是违背他的意愿来迎合自己？

那时候才惊觉，原来自己不自觉地把自己当成了世界的中心，觉得每个人都要围绕着自己才对。

我们每个人都要学会珍惜自己、喜欢自己的优缺点，但这其实也包含了用同样的想法去观察另一个人。

对自己好，也要跟别人处得好

所谓的“对自己好”，并不是把所有的好事都放在自己身上，而是在世界里找到跟自己好好相处的方式，同时也可以跟别人处得好。

认同自己，但也尊重别人。

只要能够理解这件事，心也会变得比较安静。

觉得对自己很重要，想法一致的就一起走一段，但若真的差异太大也不要过于勉强，放松点去与人相处，日子才会过得轻松。

事情过不过得去，很多时候都是由自己的心情决定。

中站——不妨，用自己的步调试着往前看看吧

对别人生气，
其实常常是在生自己的气

若可以学会尊重自己的选择，
心就会比较坦荡，也比较不会让情绪受到那么大的影响。

有时候我们会把脾气转嫁到另一个人身上，并不是因为对方犯了错，而是因为不尊重自己的选择。

一个简单的例子：原本跟 A 有约，但 A 临时表示可能无法赴约，但还不确定；此时刚好 B 在同一个时段约了你，但你因为不确定 A 是否可以赴约，所以决定拒绝 B。

然而最后 A 确定他无法赴约了，于是你回头赶紧再询问 B，但 B 也已经安排了其他事，结果落得两头空。

以前若是遇到这样的事，自己常常会怪罪到 A 头上，迁怒于他。可是后来才发现，这么做其实没有道理，因为追根究底其实是“自己自愿等 A 的回复，并没有谁胁迫了自己”。

不尊重自己的选择，还迁怒了另一个人。因为**尊重自己的选择背后，其实也隐藏着承担其后果**。

事事不会都是如愿，总会遭遇打击与挫折，可是若可以尊重自己的选择，心就会比较坦荡，也比较不会让情绪受到那么大的影响。

知道许多事其实自己都有选择权，然后，也要学着尊重自己的选择。

就因为是自己的选择，

所以才要尊重并接受

你说，
自己是个重感情的人，
所以容易受伤。

我说，不是的，
重感情不会让人受伤，
让人受伤的是，
把感情放错地方。

没有人有义务
要认同你的努力

努力是应该的，但你不能去追求努力一定会带来什么收获，
因为努力本身就是回报。

后来我有点儿讨厌说着自己其实很努力。

因为这样一来，仿佛是在说着别人不够努力一样。

可是，每个人都是为自己的梦想在努力着、受伤着，然后不放弃着。大家都是这样在做。也因为，说着这句话的同时，更像是在说明自己不被认同了。

因为不被肯定，所以只好把“努力”拿出来作为挡箭牌：我很努力，所以你不能指责我；我很努力，所以你必须给我奖赏……

可是啊，这世界上大部分的事情，都不是建构在“没功劳也有苦劳”上头，人生处处都充满着不公，曾经追求过理想，也吃过它的苦头，所以很清楚。

是花了很长一段时间，我才明白梦想本来就掺杂着现实。

因为想要更好，
因为有想去的地方，
所以，才要继续努力着

更因为，当自己把努力拿出来邀功的同时，就表示自己只剩下努力可以被嘉奖而已。

然而，这并不表示努力是错的。

而是**努力是应该的，但你不能去追求努力一定会带来什么收获**，以前之所以容易愤愤不平，其实都是因为这件事。

你觉得只要够努力，世界就会回报给自己些什么，但其实，“努力”本身就是回报。

你之所以能够走到今天，变成现在这个样子，即便成果仍是微不足道，却都是因为努力所带来的成果。

虽然讨厌说自己很努力，但确定的是，仍要继续努力着。

然后期许自己有一天，不会再想着、不会再需要拿着“努力”来当作一种讨好。

没有人有义务要认同你的努力，可是你还是要继续努力啊！

努力，不是为了要证明给不喜欢自己的人看，而是想知道自己究竟可以走到哪里。

自己的努力也都该是为了自己，所有的付出也都是为了想让自己更好，抵达想去的地方才是。

试着不再否定
自己是怎么样的人

不再急于否定自己是怎样的人，而是去接受自己的每个样貌，
这是一种坚定，会让你变成喜欢自己的那个人。

偶然从一次聊天中，发现原来自己在有些工作伙伴的眼中是个严肃的人。

当下有点儿惊讶，因为并不觉得自己是那样的人。可是稍微再思考后，也会觉得，或许是因为角色的关系，他们的确可能会这样认为。

但最让我有感受的，其实是觉得自己又进步了一点。

并不是认为严肃是个赞美，可是，也不再觉得别人对自己的评价一定是错的。最大的差别在于，自己终于肯定了**人本来就是多样貌的存在**。

在朋友面前、在家人面前、在同事面前，或是情人面前，他们看到的一定是不一样的自己。

而这些，都是你的一部分。

以前的自己，一定会急着解释，生怕对方误解了什么。但这其实是因为自己先入为主地认为对方说的话是坏的，才会想要澄清。可是许多的词汇定义，都是个人的认定而已，例如严肃，并不一定是坏事。

而这样的解释其实是一种变相的讨好，想要争取对方认同自己。说到底，是因为害怕被讨厌。

现在听到别人对自己的评价，除非是错得离谱，否则都会以“原来是这样”的和缓语气带过。不需要对方一定要认同自己的认定，因为他不一定都是错的，而你也可能不一定都是对的。

重要的是，你**接受了自己是怎样的一个人，就不担心别人怎么看待你**。

试着不再急于否定自己是怎样的人，而是去接受自己的好与坏，这是一种坚定，会让你变成喜欢自己的那个人。

你不一定要一百分，你可以有缺点，但也会有优点；有人会讨厌你，但也有人会喜欢你，你就是这样的一个人。

不完美，但仍值得被喜欢。

接 受 自 己 了 ，

就 会 不 再 害 怕 被 讨 厌

我们无法去规定别人不伤害自己，

就如同无法要求另一个人来爱自己一样。

但至少可以做到，

不要因为怕受伤，而不敢去爱人；

不要因为缺少爱，就不爱自己。

总是被教导着要坚强的我们

感觉累了就休息一下，不用非要勉强，
下次再试着做得好一点就好。

有时候我会觉得，对另一个人说着“加油”的自己，是否太过自大了。

你一定是很努力的啊、你一定也是试着让自己更加坚强的啊，所以不断要你加油，是否就像是否定了你的付出一样？

也是否，就如同他人总是很难给予另一个人想要的安慰一样？偶尔我会想着：在深夜里，你一个人走在往常回家的路上时，心里都在想着什么？那些你时常看到的景物，那一刻在你的眼中变成了什么模样？还有你一如往常开门再把门锁上的声响，又听起来像是什么？

你是不是只要一张开嘴，声音就哽在喉咙，觉得自己再也无法言语了？

人心里的空洞常常巨大到另一个人看不见。

总是被教导着要坚强的我们啊！

然而，其实我并不知道要坚持到什么地步才能叫作够坚强，又是要抓紧到怎样的程度才能不被称作抗压性不够，我没有解答。

但是我们不要贪心，不要急着一蹴而就，感觉累了就休息一下，不是非要勉强，下次再试着做得好一点就好。

先照顾好现在的自己就好。

有事就是有事，不要装没事。你不需要总是坚强。

希望在你感觉受不了的时候，在你觉得孤单的时候，不要以为自己是一个人，不要让自己是一个人。或许还是给不了安慰的话语，但朋友啊，在你觉得伤心无比的时候，请找个人说说话，至少有人可以陪你一下。

只管把今天过好就好，不要想着遥远的以后要有多好。

今天好好的，就很好。

今 天 好 好 的 ，

就 很 好

那么伤心的你。

曾经因为再也好不了了、曾经因为再也无法爱人了，
泪水那么重，几乎拉着你向下沉，
你的脚步被过去拖着，动弹不得。
那段日子你经常哭泣，你不记得哭过了几回，
只记得泪水最常与自己为伍。
你们相依为命。

可是，都会好的。

不知道要多久，过程可能很痛苦，可能仍是一个人，
也可能会有谁做伴，但唯一确定的是你会慢慢好的。

累了就休息、倦了就停歇，看看周遭的风景，
然后你会慢慢地开始记得要快乐了，
而那些那么灰暗的日子也会开始放晴。

中站——不妨，用自己的步调试着往前看看吧

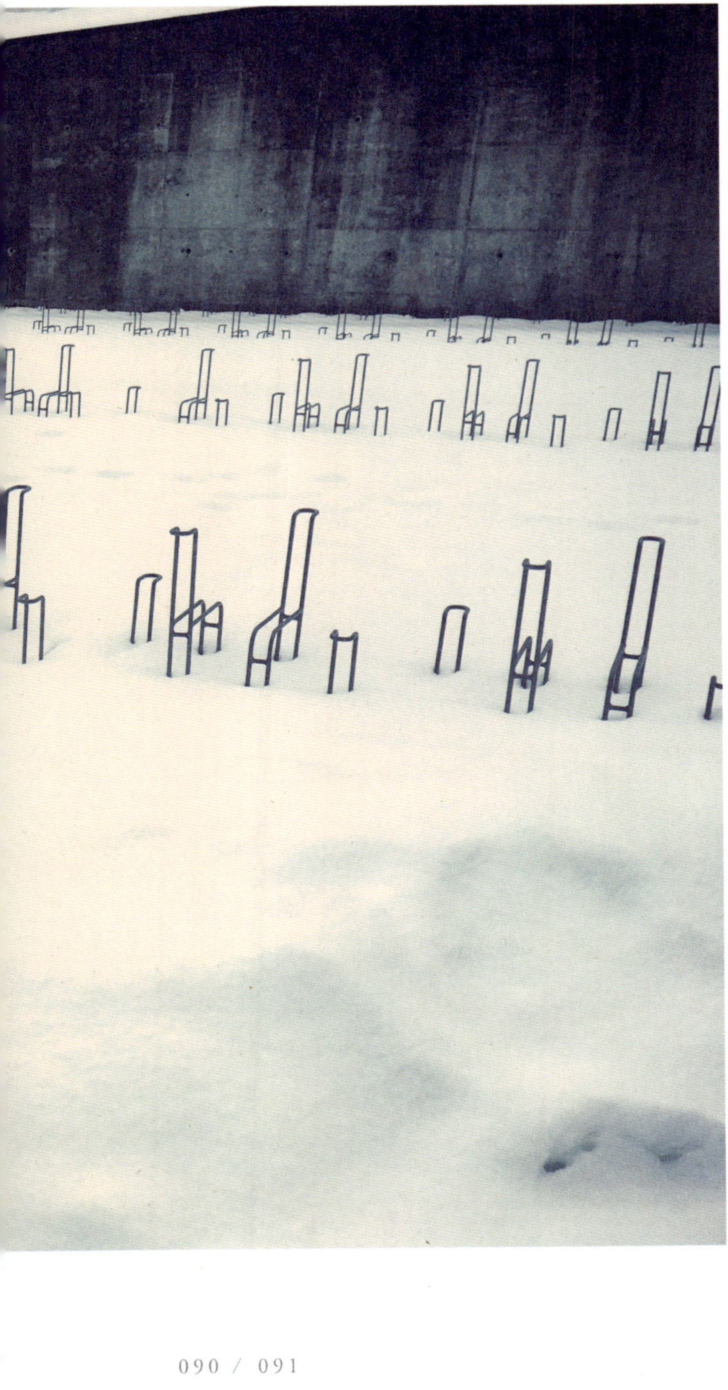

你是你的，你要对自己好，
没有人可以阻挡你让自己幸福

至少，
你可以像自己

什么样的人生才叫成功？
答案不一定要跟别人一样，但你要试着找出属于自己的解答。

梦想是没有界限的，自己也是。

这并不只是单纯地说，梦想可以无边无际，而是更觉得梦想其实没有所谓的年龄限制。

某回与一个朋友聊天，当时年近四十的他正准备出国念书。四十岁？乍听之下觉得有点儿不可思议，在普遍的认定里此时应该是处于安稳的状态才是：一份安稳的工作、一种安稳的心境，以及一个可以预期的安稳的未来。

但他正打算抛下这一切。

当时我有点儿惊讶地问他："为什么还想去念书？"

他却笑着回答："说出来你可能会觉得好笑，**但我觉得我还很年轻，想去做自己梦想已久的事。**"

他的话简直让我无地自容。原来自己也被社会给制约了。

什么样的年纪该做什么样的事、该有怎样的思考，这些标准到底是怎么界定出来的呢？

仔细思考，并没有一套尺规可以计量这件事。

因为人是群居的动物，所以常常会把别人的以为当成了是自己的以为，然后遵循着。认真想想，这还真是一件危险的事啊！我们竟然在过别人的人生而不自觉。

当然，要跟多数人不一样会有点儿可怕，甚至是加倍辛苦。

但跟别人走一样的路，其实常常也没有想象中的轻松，因为人生本就是充满未知数。

可是，你应该要为自己而努力才是。

每个人的人生都是自己的，所谓“普遍”的认定，你并不一定非要参与其中不可。什么样的人生才叫成功？答案也不一定要跟别人一样，但你要试着找出自己的答案。

人生可以舍弃很多东西，但你至少要努力像自己。

试着过自己的人生，
创造属于自己的生活

中站——不妨，用自己的步调试着往前看看吧

“不负责任”跟“不强求”并不同。

常会听到一句话：
“是自己的抢不走，抢得走的就不属于自己。”
可是其实这句话只说了一半。

另一半是：“尽最大的努力后，再让它走。”
不去勉强所有的事物都会结出自己想要的果，
但这并不是要你不去争取自己想要的。
在还没有尽力之前就选择“顺其自然”，
其实包含更多的只是自己的放任。

不强留留不住的，不阻挡想要远离的，
不奢望别人给自己交代，但自己要先对自己负责。
争取自己想要的，并不是一种强求，
而是一种对自己的负责。

不要把放任当作大方；不要把不负责任当成是不强求。
要尽心尽力后，再不问收获。

你总要找到一些什么，让自己可以好起来

生命还是会不时遭受打击，因此你要找到让自己开心的事物，
让它们帮助你往前走，或至少可以撑着。

长大的象征之一，是你终于可以接受生命里有好但也有坏的存在。然后可以相安无事，并且试着在自己伤心的时候，仍然怀抱着希望。

世界不会总是有好事发生，但每个人都要找到什么方法让自己可以过得好一点，一点点就足够。

对我来说，旅行就是其中一样。

第一次出国约莫在工作满一年之后，跟团去了澳洲。

当时虽然抱持着“出国去看看不同国家的文化”，还有“看看世界有什么不一样”之类的想法，但其实恐怕还是玩乐的成分居多，什么“体验不一样的文化”，不过都是冠冕堂皇的理由罢了。所以回来之后，生活还是原本的样子，日子继续、工作继续，没什么不同。

不管是什么，
即使一点点，
也要让自己好一点点

旅行，比较像是句子与句子间的逗点，要接续前面与后面，而不是断句，要开启新的“之后”。

澳洲之后，旅行就成了每年的固定计划，隔年又跟了一次团去意大利，接着便开始踏上自助旅行的步伐，陆续去了其他地方：捷克、法国、德国、日本……一直在路上，却也始终没有思考过旅行这件事，它比较像是一种本能。就连自助旅行时也是一样。

那时候并没有认真去思考旅行是什么样的存在，会这样的原因，大概也是自己潜意识地把它当成了一个喘息的象征而已。

既然只是休憩娱乐，就不需要费心思索。

直到某次因为某个人而伤心时，朋友突然对我说：

“你不是去过很多国家旅行吗？”

我点头说“是”，却不明所以。

明明自己如此难过，却还跟我聊旅行，未免太不近人情了。

日后才发现，原来当时他的意思是——

“世界很大，人有无限的可能，不应该只看着自己的伤心”。

而等到自己发现这件事时，旅行也终于产生了不一样的意义。

或者这世界上的事情大都是在我们无意识的状态下行进着，常常是后知后觉，等到了某一刻才能够派上用场，觉得有所用途。在某一个时刻，**你的不自觉会变成了有意识，人终于得以成长**。

强迫自己长大是一件事，但常常我们都是在时间的推演下慢慢前进的，两者没有不同，只有快慢的差别。

这几年旅行成了一种风潮，尤其是一个人旅行，不只是玩乐，更多人鼓吹着旅行所带来的心灵上的收获。

为何要强调一个人旅行呢？是因为那意味着凡事你都要靠自己，而这会让人快速成长。

可是，在现实生活中，要一开始就选择独自去旅行并不是一件容易的事，尤其是对习惯跟团的人来说；再加上若地点是

在更遥远、语言更陌生的地方时，更会叫人却步。

若是这样的话，不妨就从“几个朋友一起试着用自己的能力去旅行”开始吧。

所谓“自己的能力”，并不是单指自己负责所有的花费，而是靠自己规划行程、安排交通住宿等，把一趟旅行从零变成可实践的表格。当然并不是国外旅行才有意义，只是差异越大的文化风俗所能带来的刺激更多。

而在这样实践的过程里，不只是会加深对一个地方的了解，即使是分工合作，也会得到不同于以往的收获，那些只是上车下车的之外的“什么”，而这个“什么”具体是哪些东西，要自己去做了才会发现。

更重要的是，这也会**渐渐让旅行成为一种有意识的过程。对我而言，是一种观看世界、也观看自己的训练**。

在有限的条件下，不管是时间或是金钱，去筛选思考行程，学习在没有更多后盾的状况下互相照顾与照顾自己，在拥有选择权却不能什么都要的情况下，这些都是一种过滤的过程，帮助自己厘清自己的思路，开始明白什么才是需要，并对自己负责。

我不会说旅行可以回答人生的难题，不是几趟旅行之后困难就能迎刃而解，每个人的难关都需要靠自己渡过。

但至少可以确定的是，旅行会让人的视线变得辽阔、可以看得更远一些。然后，**这些在世界每个角落所发现的不同，都会回到自己身上产生新的作用，发现自己更多的可能**。

因为发现世界很大，所以才会觉得自己渺小；因为看见世界的好与坏，所以才能够确认对自己来说真正需要珍惜的又是哪些，便不会执着于不重要的。

因为知道了各个地方各有其独特，所以才得以理解到自己的有限与无限。

失恋了还是会哭、工作受挫了仍会沮丧，自我的质疑更是会不时出现在脑海里，时间仍是在往前走，生命的样貌也是一样，或许伤心，但也会快乐。

而下次伤心的时候，你会觉得自己始终都可以好起来。

旅行，可以成为生命中一个好的引子。

试着用自己的能力去旅行，一个人也好、两个人也可以，再多几个人也没关系，重要的是，你能开始意识到旅行不同于以往的意义，然后间接意识到自己能够有的不同。

生命还是会不时给予打击，因此你要找到让自己开心的事物，让它们帮助你往前走，或至少可以撑着。

常常最难的其实是“相信”，
可是去相信，
往往也就是变好的第一步。

当下
都是以前的总和

每个人都是一路慢慢走过来的，
不要频频回顾过去、不要时常羡慕别人，因为你只是你。

有时候，会很庆幸自己是在写作了近十年后，才开始有一点点成绩。

当然不是没有羡慕过那些年纪轻轻就能有所成就的写作人，也忍不住会想着，要是早几年被注意到，就可以多赶上一些出版的黄金时期，或许有更多的可能？

但其实这些猜想都是没有意义的事。

因为时间本来就是一直往前走的，即便是偏执地站在原地不动，但周遭的景物也会不断变化，而现在的自己摆到十年之前也不一定会被发现。因为所有当下的结果，都是现在跟以前的总和，无法拆开来看。

所有的坚持与奋力，单单都该是为了自己

就连运气都是这样。

就因为经历过那些被否定的点滴，所以才可以写出现在这样的文字；**就因为经历过失败，所以才会知道面对纷乱时，什么是该留下而什么又是可以放弃**。更甚至，就是因为经历过一些磨炼积累，才能在面对嘲讽时，不被轻易击倒，可以更坚定地做着自己。

这些都是以前无法体会到的东西。过去那些打击都不是没有意义，只是当时的自己没有发现罢了。

所以，现在会很庆幸经过这些努力才拥有的，因为体会过有多么不容易，此刻才知道有多么珍贵。

那些阴暗，其实都是一种筛选的过程，帮助你留下与肯定那些对自己重要的东西。

追寻梦想的路上大多时候都是辛苦的啊！而绝大多数的人都不是幸运，所以挫折在所难免。

每个人都是这样慢慢走过来的。

不要频频回顾过去、不要时常羡慕别人，因为你只是你，你能够做的只是去把握当下，然后即使失败了也不觉得对不起自己。

不知道还要坚持多久、不知道还要拼命多久，但你想要变成什么样子，只有你自己知道。

那些坚持与奋力，都该单单是为了自己。

我们所看到的东西，其实都是自己心里的反射。

羡慕别人的成功，却只学会怨天尤人，
而不是他的努力与奋斗；
面对自己的挫折，却只学到忧伤颓靡，
而不是在失败里得到教训。

一段爱情失败了，只留下被伤害的记忆，
而不是曾有的甜蜜，却忘了其实是自己只专注着痛。
眼里若只留下难堪怨怼，
最后，也就只有它们与你作陪。

对好事眼不见为净，就也留不住好事。

凡事都说着“很难”，不会让事情更容易，

只会在开始前就先打击了自己的信心。

学着正面积极，或许不会让事情变得简单，

但至少可以让心情好一些。日子就会好过一点。

你只能
对自己负责

不再把大部分的力气用来跟现实对抗，
尽最大的力量去让自己更好，去让世界变成是自己认同的样子。

“其实，我是个悲观的人，但正因为如此，我才学会比较正面地去看待事物。”

在某场活动中，我曾说过这样一句话。听起来好像有点儿不合逻辑，可是其实很有道理。

就因为能够理解世界的现实、人有可能的残酷，最终才可以去接受并且承认。

不再把大部分的力气用来跟现实对抗，而是尽最大的力量去让自己更好，去让世界变成自己认同的样子。

就因为知道世界的恶了，
所以才能肯定世界也同时存在着善。

曾经度过一段几乎是没有声音的日子。

总觉得没有人在听自己说话、没有人愿意听自己说话，甚至，就连自己也在说着自己不喜欢的话，像是隐形了一般。

现在回想，也常常不确定是怎么度过的，但就跟大多数的时候一样，有时候能做到最多的就是撑着，然后有一天，就像是现在，终于可以说着自己也走到今天了。

时至今日，其实我很感谢当初那一段日子，是它们让我变成了现在的样子。

每个人的人生都会有这样的时光，但即便是步调缓慢，也请试着找出一种适合自己的、自己能认同的方式前进着，缓慢也无妨。

你只能替自己的人生负责，只要想着这件事就好。

那段不见光的日子，让我得以珍惜着光。

也是它让我能去相信，**只要愿意继续着，就能拥有好的可能**。

理解世界的现实，

才能继续相信好的可能

中站——不妨，用自己的步调试着往前看看吧

记起好事的能力

这个世界本来就是好坏并存，会发生坏的事、遇到不好的人，
但同时也不断与好的事物相遇

若要我选一件对事情最没有帮助的行为，大概非“抱怨”莫属。

可是，遇到不如意的事情时，我们的第一个反应通常都是产生负面的情绪。这当然合情合理，毕竟发生了坏事还要开心，未免也太不符合人性。

然而奇特的是，大多数人同时也都知道抱怨其实没有意义，却老会做同样的事。这或许是因为心理上急需找到一个出口，不管是感性的情绪上，或是理性的思考想要找出事情会发生的原因，好借此归咎。

此时，抱怨就是最简单的方式。“都是他的错”或是“我好倒霉”……每个人都一定听过、说过类似的话。

接受坏事，
也等于是接受了变好的可能

常常会听到“有果必有因”这样的话。每件事都有其源头，我也深深认同，但这句话没解释到的是：**即使找出了因，也不一定可以改变得了果**。

世界上的事，若要粗略划分的话，大概可以分成“自己可以掌握的”与“自己无法掌握的”两种，而其背后所包含着的意义，则是“自己可以努力的”与“自己无能为力的”。

有时候不好的事发生包含着人为，你可以做到检讨改进，但在更多的时候，坏事其实并不像防台风，可以事先预测。

也或许就是因为那些自己做不到的部分，才会让人更加倍去抱怨。因为就连要努力都没有可依循的方向。

我也有过这样的时候，总觉得一切都不如意，好像全世界都与自己作对一样。容易对小事发怒、对什么事都挑剔，但是事情从来没有好转过。后来才懂，原来其实只是看不顺眼自己罢了。

不过现在的我已经不常抱怨了。

这并不是说自己修养好，或是因为自己的身上没有坏事发生，是**因为我开始不再那么过分严肃地看待坏事这件事**。

但这并不是说要把坏事当成一件好事来看待。因为自己无法认同的东西，再怎么努力也说不出好听的话，勉强说了也会让人感受得出来，就像是面对不好笑的笑话所发出的笑声一样，甚至给人有种假惺惺的感觉。而是我学会用比较轻松的心情去看待坏事的发生。

有时候我会把好与坏想象成一个圆圈。

好与坏一个接着一个，不断环绕在我们的生命里头，没有一定的频率，有时候好的部分多，有时则是坏的占多数。它们都是生命里的常态。而它们也常常是并存着的，很难去筛选出只要好的，而不要坏的。

更因为，再怎么去努力也无法阻止坏事不发生，包含了太多的未知，因此如何迎接坏事的发生，或许才是自己能做到的部分。

面对无法掌控的事，可以让自己去做到的是“接受”。

“抱怨”的反面不是“赞美”，而是“接受”，然后才有机会跟其他的作为联结起来，变成正向的指引。

其中最简单的方式就是：记忆起好事。

每回发生一件不好的事情时，就要提醒自己去记起一件好事。

这么做不是为了要用好去消弭掉坏，因为发生的已经发生，无法当作不存在。而是面对无能为力的事情时，记忆起好可以去提醒自己——这个世界本来就是好坏并存，会发生坏的事、遇到不好的人，但同时也不断与好的事物相遇。

人生就是这样，每件事都是必要的发生、必要的存在，没有该与不该，只有自己怎么看待。偶尔的抱怨可以看作一种情绪的宣泄，但常态性地怨天尤人只是对自己的一种消耗。

就因为有好事的发生，才会肯定坏事的存在；但也因为有坏的，所以才让原来的好得以被感谢着。

不严肃地看待坏事，是因为知道其实有更多的好事。若能这样想，坏事也会过去得快一点。

把“记忆起好事”看成一种可以培养的能力，**不是去想着希望事情都只有好的，而是觉得一切总会变好**。

不只是让好事发生，也让发生的事能够变好。

肆一说 好好爱自己

接受坏事，
等待变好的可能

茶

若雨停了，
你总该往前走了啊

因为每一个当下，有朝一日，都会凝结成未来，
所以不要去否认那些曾经，是它们让你得以走到现在。

我一直觉得，自己的书并不会陪伴大家一辈子。

因为生命是会不断流动转变的，人也是如此，回想生命之中，在每一个时刻，都会有一个可以安慰自己的事物。它支撑着你，在你觉得快要受不了的时候，让你不至于倒下。

就像是旅途中相遇又分别的人们，每个人都陪伴着自己一段，然后就会各自往远方前进，你会找到其他可以给你安慰的事物。

可是啊，若能够在你觉得孤单寂寞的时候，陪你度过一段时间、陪你度过那个难熬的当下，我就觉得很有意义。

我想做的，始终都是这样微不足道的小事。
微不足道，却非常重要的小事。

不要急，先过好每个当下就好

当下就是一种力量，让自己可以安然度过当下，才有可能想以后。因为每一个当下，最后都会凝结成未来。

所以不要去否认那些曾经，是它们让你得以走到现在。

而在此之前，你要先学会让自己的每个当下都过得好。

若有日，你发现自己再也看不下我的书了，我的书再也无法给你任何安慰了，那么我希望的是，你已经好了、你已经幸福了。而我会很开心你过得这么好。

就像是忘了带伞的下雨午后，一个替你遮雨的屋檐，陪你度过一段时间。

雨停了之后，
你就会迈出一步，你就要往你的目的地走去了。
对此，我始终都会怀抱着祝福。

中站——不妨，用自己的步调试着往前看看吧

你已经好了、你已经幸福了，
而我会很开心，你过得这么好了

中站——不妨，用自己的步调试着往前看看吧

换上你最喜欢的衣服；穿上你最喜欢的鞋子；

再剪个你最喜欢的发型。

你要很爱自己，你不需要别人的爱，才能爱自己；

也不需要节日，才能肯定自己的好。

你要学会为自己庆祝。

不安没关系，
脆弱、伤心也没关系，
它们都是你自己。

END

终点——现在的自己跟过去的自己说声『嗨』

不管多喜欢，都有但是。

喜欢上一个人了，所以不顾一切；喜欢上一个人了，所以想要给予最好。因为喜欢了，所以你什么都不打算计较了。

只要他好，你就很好。

可是，或许就是非得经历过类似这样拿不回自己的遭遇，才会明白在爱里头仍保有自我是多么重要，才会明白，可以很深地去爱一个人，自己的底线却有界限。

不管多喜欢都有但是，那些无法让渡的、无法割舍的，
都不该拿去交换爱。
因为那些，可能也是最后能让你活下来的东西。

不要自己欺负自己

在大多数时候，人会被欺负，其实是自己允许了对方对自己的辜负。
而这其中最糟糕的，并不是不知不觉，而是有知有觉。

“不要让自己被欺负了。”

在某次与朋友的聊天中，最后自己突然冒出了这样一句话。

或多或少都谈过这样的恋爱，不管对方如何对待，都改变不了自己对他的态度；无论他对你好不好，你都想对他好。

而每回他对你不好的时候，你就会加倍想起他的好——

“其实他还是不错的。”

“其实他大多数时候都很好。”

你用那些好来抵销受伤的感觉，就像是拿着橡皮用力抹去铅笔的墨色，以为纸白净了，但在某些时候就着光线还是会看到原来的痕迹。

当然，没有十全十美的人，每个人都会有些缺点，你知道

诚实地感受，处得好才可以一直爱下去

这件事，因此并不是在追求完美的对象。可是爱情里的不好，在许多时候并不是要求对方要有多么好，而是心里头无法接受的歧异，而这些落差已经造成了伤害。

所谓的“伤害”，并不是指行为的暴力，而是落在心上的一拳、一句话、一个漠视，逐渐累积成一片难以跨越的海洋。

到了最后，已经不再是可以当成无伤大雅的玩笑来看待了。

然而即使如此，真要离开仍是很难。

爱着的人还是会觉得自己做不到。之所以会这样，或许是因为自己漫长等待过了，所以当出现一个可以相处的人时，当有人可以不再让你是一个人时，要割舍就更加不容易。

你不知道若现在不要了，还要等待多久；你也不知道，会不会再遇见另外一人；甚至，你会怀疑他是不是其实就是自己所能遇到的最好的人了。

每当放弃的念头浮现时，这些话语都会像跑马灯一样不断闪过自己的脑海。

所以你要自己去接受，学着把他的不好当成是一种合理。

不用他说服你什么，你已经先找好理由入座。或许爱情并没有一定的准则可以依循，**每个人对于好的定义也不相同，但不会变的却是自己的感受**。

而当你感觉到被误解了、被敷衍了或是被伤害了，可能就是一个警讯。

也就像是“其实他还是不错的”这句话，当需要一直这样提醒着自己他的好的时候，往往刚好代表了他有多不好。

在大多数时候，人会被欺负，其实都是自己允许了对方对自己的辜负。

而其中最糟糕的，并不是不知不觉，而是有知有觉。

毫无痛楚还可以说是无法防范，但明知自己被伤害了，却还坚持留下，就是自己对自己的伤害了，是自己选择了伤害自己。

不要让自己被欺负了，里头其实也包含了自己，不要让另一个人对自己无礼，更不要自己欺负自己。

谁也无法保证会不会再遇到更好的人，再厉害的预言师也无法告诉你这件事。

两个人在一起时不能保障什么，一个人的时候也一样，不管是单身或相恋，都各有各的难处。然而这不应该成为让自己委屈的理由。

爱情可以不管形式，只是可以确定的是，若老是伤着心，就不要想着以后会有多开心。

不要让人给欺负了，首先要做到的就是不要自己欺负自己。

永远都要**相信自己有选择权，永远都要相信自己值得被人好好对待**，爱情不是一种将就，两个人在一起也不是一种凑合。

与其两个人在一起不开心，不如一个人欢欣。

相爱的人不一定适合在一起，可是要处得好才可以一直爱下去。

去找一个可以相处的人，一起好好生活，而不是期待着有一天生活会变好。

当你已经试了很久、尽了最大的努力，但仍然未果之后，
或许，你该选择去做的并不是勉强再去适应，而是该离开了。

有时候，离开不是一种放弃，而是一种成全。
不是成全另一个谁，而是成全自己还能够遇到更适合的机会。

终点——现在的自己跟过去的自己说声“嗨”

伤心的解答

不要否定自己的伤心，也不要觉得它让自己难堪，
而是去感受它的存在。

比起爱与不爱，后来我发现关于爱更大的疑惑是：“该不该继续下去？”

因为**爱其实是很彰显确切的东西，不仅难以隐藏，也很难否认**。

爱一个人的时候，常常会不问为什么，因为只管爱，爱才是最大。只要他好你就好、只要拥有着爱就好……谈过恋爱的人或多或少都会有这样的经历。这是陷入爱里头的人的通病，无人可以幸免。

因此反过来说，当开始问“为什么”的时候，多半表示着爱情正逐渐走向另一个方向。

爱情里头的转向，从“只要”变成“只是”。

从不顾一切开始，到有了但是。

在许多时候，
维持现状
就是最好的疗愈

“只是”像是爱情里头那些等待被解答的问号，然而答案常常是无解。

为什么会这样呢？这是因为你们已经相爱了。

在还没有爱之前，你可以理智地看待对方，冷静分析他的优缺点、你们的相同与差异，要说出一百个你们的不同点都不难；但相爱之后，伴随着一百个不同的是另外一百个他的好。

每一个人本来就同时包含着优点与缺点，而两个人在一起也一定会有好与坏，然而它们很难互相抵消。

因此，你也会不断询问着——

“关系会不会好转？”

“最糟的会不会就是这样了？”

甚至是“他其实也有其他的优点”……

只是你并不知道自己还要伤心多久。只是。

只要有了爱，标准与立足点都不一样了。因为看过了不一样的风景，从此眼里已经被装了滤镜。

更因为，每个人的爱都是不同的，所以没有一套固定的标准可以套用。

可是，总是可以做些什么吧？

在心碎的时刻、在受伤的时刻，我们总是会期待自己还能够做些什么，希望借由这些什么让事情好转。

然而很可惜的是，在伤心的时候其实事情很难立即好转。

那是一个漫长的过渡时期，是乐曲里头长长的休止符号。

但这样就表示什么都不做吗？也不尽然。

后来我理出来的心得是：**试着不再专注着自己已经受伤的心，而是去看看那些还完好的部分，然后努力让它不受到伤害。**

这样很消极没错，但常常是受伤的人少数能做到的部分。

就例如，照顾好当下的自己，只要能做到这件事，就是一种进展。常常我们会以为所谓的“进步”，是要从伤心变成快乐、掉眼泪变成笑脸，但事实上伤心在大多数时候是沉默不语的，日子仍是在过，只是你不觉得在过日子。

然而在伤心的时候，维持现状其实就已经很难得，就已经是一种好转了。

在失去爱情时，有时候消极反而是一种积极。

不要否定自己的伤心，也不要觉得它让自己难堪，而是去感受它的存在。**试着把自己的感受摆在爱情之前**，不要勉强自己非要怎样不可。

或许到了最后，在为另一个人伤心时，你还能做到的是，试着把想要去追问对方“为什么让自己伤心”的心情，拿来反问自己“底线在哪儿”，越了线就打住。

因为爱情没有固定标准，所以你才需要找出属于自己的刻度。

与其想着“还要给对方多少时间”，不如思考“自己愿意给多少时间”，时间到了就停歇。

无法要求别人给的回复，试着自己给予，而我觉得这可能就是伤心的解答。

肆一说 好好爱自己

不要老是看着自己的伤心，
都会越来越好的

你问：“怎么样才算是真正遗忘一个人？”

对我来说，
所谓的“遗忘”并不是忘记了、想不起来了，
而是记忆起来的时候再也不害怕了。
不再去否定他的存在、不再去别过头刻意忽略，
就算是迎面而来也可以不再闪躲了。

遗忘，不是指忘掉了一个谁，而是不再惦记着伤了。

不是把力气拿去将对方从自己生活中抹去，
而是拿来替自己疗伤。

已经不再是那个颤抖的自己，
你终于好了，才是真的遗忘了。

不必讨好的朋友

比起“要别人喜欢自己”，其实“他喜欢的是哪个你”才重要。
先真实地做自己，才有机会遇到真实的朋友。

“我很担心没有朋友，所以即使自己不喜欢，也总会去迎合其他人。觉得好累。”

在某次聊天时，朋友说了这样的话，至今印象都还很深刻。会记得这么清楚的原因，是自己也曾经有过类似的感受。

当时还是学生，学期内常会遇到分组作业，此时本来就以各种小团体行动的同学，会自然而然地形成一个小组，而自己常常就会成了落单的那一个。

并不是因为自己被讨厌了，事实上更像是对这个人没有丝毫在意，换言之可以说是一种隐形人。从某种程度来说，这几乎是比被讨厌还更糟糕的存在。

当时多少因为这样的状况而感到受伤，甚至会质疑起自己：“是否哪里做错了？”“是不是在某个时候得罪了谁？”心里会产生一百个疑惑，但矛头都是指向自己。

谢谢你认同了这样的我，
我的朋友

接着会把自己摆在下位，刻意地去附和与讨好，只希望能够被接受。

可是真正让这样的情况得到缓解的，并不是因为那些讨好让我交到了朋友，反而是因为有人与那个“不讨好的自己”当了朋友。

我拥有了一些可以相处的朋友，只不过不是班上的同学。

也就是因为这样我才发现了，“没有朋友”这件事所带来最糟糕的作用是“否定自己”。

如果是用隐藏自己的方式交到了朋友，想必也交不到真心的朋友。不是因为对方不好，而是自己一开始也用了假象去与对方相处。常听到的“互相”其实也包含了这个意思。

你可能也会说：“本来就已经担心没有朋友了，还要坚持做自己，这样不是会更交不到朋友吗？”

但所谓的“做自己”，并不是要你完全不顾他人感受、恣意妄为，**与人相处还是有一定的界限、规范，但重要的是不去伪装**。

人与人之间的联结有很大一部分是仰赖“共同点”所产生。

最常见的状况是拥有共同的兴趣，但有时候也不一定是具体的事物，可能只是频率的接近，你们懂得彼此的话、有相近的思考方式等，这大概也就是大家所说的默契。

而这样的默契便是建立在你能坦诚地展现自己上头。

如果你恰巧是一个乐观开朗的人，其实最简单的方式就是主动去跟别人当朋友；但对于不那么活泼的人来说，要做到这件事却是超乎想象的困难。

如果是这样的话，不妨努力让自己变强。

不只是心理素质的强壮，也是让自己外在表现变得受人赞赏。以学校来说，就是让自己的课业成绩优异，不用样样都好，只要找出自己擅长的部分即可。因为人是很现实的动物，若你拥有值得被学习的地方，自然就会有人主动靠近。

这样的你仍然是你，只不过是变得更强大的自己。

或许你也会担心，“但这样吸引而来的朋友会是真心的吗？会不会只是因为我的优点才接近我？”

但是你若认真去思考的话，就会发现这样的问题其实并不存在。因为朋友之所以能当朋友，一定也是因为对方有自己喜欢的“什么东西”吧，不管是具象存在的或是抽象的特质，只是每个人吸引人的地方不同而已。

所以，不妨把它视为一颗种子，一个让友谊萌芽的开端。

人跟人之间相处的远近亲疏，都需要时间与用心培养才能成长，能不能当朋友绝对不是一个人好不好就能决定的，这只是起点，一种把被动变成积极的方法而已，之后仍要靠自己努力。

世界很大，永远都会有人喜欢你，也会有人不喜欢你，就如同讨好或许可以吸引一些人，但同时也会有人喜欢那个不刻意的自己。也不要忘记，要跟谁亲近其实自己也同样拥有选择权。

比起“要别人喜欢自己”，其实“他喜欢的是哪个你”才更重要。

你们对彼此好，关心对方，但无须刻意讨好他，他也不用想着要取悦你，不必依靠讨好就能相处的朋友，才能算得上是真正的朋友。

先真实地做自己，才有机会遇到真实的朋友。

有一些人，你会小心翼翼对待，在他的 Facebook 上点赞留言，希望因而增加彼此的互动与热络。你讨好他、生怕说错话惹他不开心，更希望借此可以让彼此更亲近一点。

朋友永远不嫌多。

然而事实是，你们从没有因而变得更熟稔亲密，他仍然只是个远远的存在。

对此你曾经失望过，但也就是这样你才发现了，拥有他这个朋友，其实你的人生并没有因此更美好；而即使失去了他，人生也不会受影响。

频率不对的人，再勉强也当不成朋友。

没有交集的朋友再多，都只是虚假，不要去追求没有交流的关系，而真心相伴的人不用太多，更值得珍惜。

终点——现在的自己跟过去的自己说声“嗨”

好好说“再见”，再见时要好好的

人虽然都会喜欢美好的事物，但其实并不表示自己拥有它们，
往往当我们感觉拥有的时候，其实都只是拥有“那个片刻”而已。

曾经我是个不喜欢再见时刻的人。

“明明都还这么开心，为什么要结束？”

“就不能继续留下来吗？”

每次聚会到了需要离别的时候，类似像这样的念头会不断地在脑中徘徊着。

然后原本开心的心情就会跟着被影响，变得情绪低落。一开始会想尽办法继续待着，再去一个什么样的地方、再去哪里逛一下，找各种理由想要尽可能延长相处。

后来才发现，不想说“再见”，其实正是表示了再见的美好。

因为人对于让自己感到痛苦或伤心的事，不会想要接近，一次就够了、不要再更多，离得越远越好，会避之唯恐不及。

所以当自己舍不得与一个人离别时，正是代表了你们之间处得很好，就因为欢欣的满足感，才会让你舍不得离开。

这是一种对于拥有美好的依恋，对于好，想要留住是一种本能反应。

在爱情里头更是。

两个人在一起久了，若某日有一方决意要离开了，留下的另一方通常会百般不愿意，于是拉扯着、说着道理，目的都是希望对方可以改变心意。这也是因为我们舍不得过去的那些美好，而当对方选择结束，也就意味着那些美好跟着要终结。

以为这样是爱，但其实比较像是不想失去，因为拥有了、觉得是自己的，所以不想要还回去。

可是忘了，**那些认定的美好，其实是对方给予并且跟自己一起创造的，自己并不享有专属权利**。

人虽然都会喜欢美好的事物，但并不表示自己拥有它们。

往往当我们感觉拥有的时候，其实都只是拥有“那个片刻”而已。

我们太习惯将一件事占为己有，这是我的、那是他的，划分好领域范围，越界的就要讨回。

从小我们就这样被教导着，所以长大后，不知不觉也会把

美好之所以美好，是因为在适当时结束了

这样的态度拿来放在跟人的相处上头，然后包含着人与人之间的情感关系都被物化。只是身在其中很容易就误解了这点。

而在这当中，最大的陷阱是我们很容易也会以为：美好是可以无限延续的。只要维持现状，就等于是持续着美好。

然而，这世界上大部分的事情都是有其限度的，快乐也一样。

就像是那场让人感觉幸福的约会、曾经愉快的恋情，因为不想结束而拖延着，可是好几次下来，都会因为这些延长，导致连带影响了原本后面的计划：因为回家得晚了，所以原本计划要做的事要熬夜赶工，跟着也因为晚睡而导致隔天精神不济，最后再因为恍惚而不小心犯错，或是搞得终日昏昏沉沉。

本来是一件好事，但后来变得不好了。

若不懂得节制，原本的美事最后都会跟着被破坏殆尽。

以为不结束就能持续保有快乐、以为继续下去就会一直开心，美好太迷人了，所以忍不住会被迷惑。最后再因为想要强求，把原本的开心变成不欢而散。就因为不想失去，连带失去了以前的美好。得不偿失。

任何事都是一样的，太过用力会疼，太过勉强会散。

美好之所以可以美好，常常是因为它在适当的时候结束了。

在该停止的时候不收手，就像是超支的信用卡，不得不支付利息了。

无论是爱情或是友情都一样，在需要道别的时候学着好好道别，不要把额度用完，这样他日再相见的时候，就可以好好的。

现在的我比较不害怕道再见了，因为知道了再见是为以后可以继续美好。

“各自幸福”是一句祝福。

人的一生总会遇到许多的人，有的短暂停留，有的来了又走，然后又回来，说穿了，人生就是一连串相遇与分离的组合。

也会有些人留了下来，长大一点才知道，

这有多么难能可贵。

但以前无法给出祝福，是因为觉得自己的幸福还在他那里，你不想要回来。

可是，渐渐才明白了，原来其实不是他不给自己幸福，而是自己，给不了他要的幸福。

一直拉扯着，只是消耗彼此的幸福。

后来才学会祝福，“各自幸福”是相互祝福，各自去寻找属于自己的幸福，学着离开了，从此就不拖不欠、不愧疚，然后，若有缘的话，有天再见。

再见时，希望彼此都已经把各自的幸福完成。

不要把别人的不负责，变成是自己的责任

不负责任的话很容易说，要让自己变好却很难，
但要学着不要因此就把别人的不负责任，变成是自己的责任。

———

不时仍然会想，为什么还是会因为别人不友善的言论而受伤？

对于有点儿自卑又胆小的人来说，第一个联想的总是——自己是不是做得不够好？

再后来才发现其实跟自己做得好或不好没有关系，而是那样的言论是一种否定。

它当然是一种否定，批评跟建议并不相同。只是这样的否定，常常是建立在他只挑选你的坏，对于好却规避不见，他并不是要跟你对话，而只是要讪笑，这点，最叫人受伤。

于是你会这样想，自己是不是哪里得罪他了，他才会说着伤人的话？

然而不是，素昧平生，是你们最大的交集。可是再后来才

不要因为别人不喜欢自己，就觉得自己犯了错

明白，其实没有人非要去喜欢你不可。更甚至是，自己也会有不喜欢的人，**每个人都是被一些人喜欢着，但同时也被另一些人讨厌**，本来就是常态。

只是可以确定的是，不愿意了解你的人并不会花费心思去理解你。

而有些人一开始就没有喜欢你的打算。如果有道理可言，就不叫偏见。不愿意理解你的人，也不需要在意他的喜好。

不负责任的话很容易说，要让自己变好却很难，但要学着不要因此就把别人的不负责任变成是自己的责任。

你要先对得起自己，而不是想着要对得起别人。

终点——现在的自己跟过去的自己说声"嗨"

这世界
永远都不缺说话大声的人

试着去看见别人为何得以走到今天、为何可以成功，并且学习。
这样比起没有建设性的批评，对自己的人生会更有帮助。

这阵子，突然想起高中老师说过的一句话：“要注意，不要当个眼高手低的人。”

当时年纪还小，不太懂老师这句话的意思，现在慢慢才比较能了解其中的含义。

高中时念的是美工科，年轻气盛，总是很容易评论谁的画作不怎么样，可是回过头来看自己的作品，却是他的百分之一都不到。**每个人都可以有自己的喜好，但不要轻易抹杀别人的努力。**

现在的社会，好像都潜意识要求着一个人要完美不可。

你要够努力、够有才华、够认真，最后还要够讨喜才行，否则一切都会前功尽弃。

只要被发现一个缺点，甚至只是不讨他的喜欢，都会被穷追猛打，其他优点也给予否定。

这个世界永远不缺批评的话，有建设性的却不多，挑拣自己喜欢的去追求，不喜欢的就不要花时间在上头。

也要学着不要把话语变成只是一种情绪发泄。

试着去看见别人为何得以走到今天、为何可以成功，并且学习。这样比起没有建设性的批评，反而对自己的人生会更有帮助。

现在，总算才比较懂老师当时话里的意思了。

但还不迟，还要努力。**不求做到完美，但要做到对自己负责。**

继续往前走，
走远一点
就听不到他们的吵闹了

懂得比较多的人，不一定聪明。
在很多时候，只要经历得够多，或是时间拉得够长，
每个人都会学到越来越多的事。
懂得比较多，跟经历比较有关。

因为聪明包含了同理心，以清明的角度看事物，并且体贴着，而不是高高在上。

你不一定聪明，但至少要良善，
只是懂得比较多，不一定会对别人有助益，
然而良善，会让世界变得好一点。

试着
去感受一个人的善意

释出的善意或是一个人对自己是否怀抱着良善，
只要相处过，都可以感受得到。

“同理心”从来都是一件不容易的事。

因为每个人都是不同的个体，不仅先天的条件不同，就连生长的环境也不一样，更不要说一个人经历过什么、又是如何坚强地走到今天，有时就连自己都很难厘清，更何况是要为外人所道。

也因此，同理一个人、去替对方着想是多么困难。

所以我们常常以为的为对方着想，却不是对方所要，一不小心就变成了一种一厢情愿。

得不到对方的感谢，还碰了一鼻子的灰，然后跟着再危害了两个人的关系。

可是，这并不是你的本意。

温柔是
看不到也触摸不到的东西，
只有用心去体会才能感受到

一个人再怎么揣摩、如何模仿，都无法真正完全理解另一个人的情绪。

若是这样的话，就试着去看对方的善意吧！

或许完全的同理心是很难达到的境界，也很难如此去要求，可是，释出的善意或是一个人对自己是否怀抱着良善，却是可以感受得到的。或许笨拙，却是真心诚意。

去感受一个人从心里面展现出来的温柔，而不只是用行为去当作判断。这样，或许才是最好的设身处地，人与人之间的误会也会少一点。

日子，并不是说着“没事了”，就会没事。
生活的困难也并不会因为说出这句话就消失，
都活了这么多日子，是怎么走过来的自己都很清楚。

有时候嬉皮笑脸说着“没事了”，其实是想让朋友安心，
因为知道大家都有大家的难处，不好再给他们添麻烦，
更因为所有的难关，你只能靠自己去过。
挫折给你磨难，但也教会你坚强。

而有时候说“没事了”，则是安慰自己，
日子再不简单，你也要努力让自己简单。
困难有多巨大，心就学着更辽阔一点。

心疼说着“没事了”的人，因为这是他们的温柔。

后记

不安没关系、伤心没关系，寂寞或孤单也没关系

你有过这样的经验吗？早上醒来莫名地哭泣起来，看着镜子里的自己觉得陌生，或是没来由地感觉到沮丧。或多或少，但一定有吧？

因为我们人本来就是情绪性的动物，所以不要觉得这样的自己很奇怪。

同时，当事过境迁之后，也常常会发现其实没有什么大不了的，甚至会嘲笑当时的自己过于大惊小怪了。一定也有过类似的经验吧？

因为人也是一种会不自觉放大自己感受的动物。

例如拿不安来说，以前会觉得之所以这样，是因为自己过度凝视的关系，它才会无止境地扩大，但后来发现原来因为自己凝视的是反方向。

不安的反方向。以为自己看着什么，但更多的部分只是自己在想象些什么而已。

许多的负面情绪都是因为这样而产生，不管是不安、寂寞、伤心都是，多是我们自己豢养了它们，是自己吓自己。

我们害怕的是自己的害怕，而非害怕本身。

每当遇到这样的状况时，总难免会想要逃避，没有人喜欢负面的情绪。但现在的我则会去做到“不处置”。

你或许会说：“如果是这样的话，不就只会越来越逃避而已？”

不可否认的确会有这样的人，因为人本来就是一种会偷懒的生物，我也不例外，偶尔也会有想要得过且过的念头。然而每当这样的念头产生时，只要想着“每个人都有属于自己的人生”就可以了。

我们无法选择自己何时生下来，或是在哪个家庭出生，但落地之后的绝大多数事情其实都是拥有选择权。甚至也可以说，**人活着其实就是为了练习“做选择”这件事。**

你的人生是你的、他的人生是他的，所以你可以选择要用什么样的方式过生活，以及用什么方式面对不安或害怕。

何况所谓的“不处置”并不是指什么都不做，更不是把它们当作不存在，而是**不为了这些负面的感受多做些什么，不去猜测、不去假想，只着重在原本就该进行的事务上头**。让生活维持在原来的基调上，不被其影响。

不知道你是否观察过小婴儿，婴儿是不会害怕的，对什么事都抱持着好奇的视线去观看，有趣的感受多于恐惧。我们每个人在婴儿时期都是这样。

长大后因为受伤或挫折，才让我们慢慢累积经验，开始对于事物怀抱着不安、胆怯的心情。其目的是一种保护机制，让我们更加谨慎与小心，而不是为了让我们裹足不前。只是我们被负面的情绪给困住了。

因此，下次对于感到不安的事物，不妨也试着用孩童时的心情去看待吧，期待它会发生什么有趣的事。一切没什么大不了的，不要让自己的害怕绑架了自己的生活，请边这样思考边慢慢踏出步伐吧。

会感到害怕不安，其实只是表示着未知而已。

然而，未知不一定就是坏事。

不安没关系、伤心也没关系，即使有时会感到寂寞都没关系，**所有的情绪都是好的，不要过于苛责自己，感受它们在自**

己身上起的作用，不只是坏的。它们都是你人生道路上的重要伙伴，是它们让你得以变得更强壮。

只有你最懂得什么样的方式能让自己好，请试着找出它们。

每个人都要学会照顾自己，无论如何都不要忘记你还可以对自己好，你是你的，你要让自己好好的。

写在最后的最后

续·
想念，却不想见的人

晚上，绕了过去你家看一看。

已经十年了吧，平时并不会到这一区活动，所以一直没有再来过。

但说要特地来看，其实也没那个必要，今天则是恰巧到附近。有点儿忘了你家是在第一条，还是第二条巷子，就连你家楼下的大门长什么样子几乎都没有印象。

明明当时来过那么多次啊，怎么会记不得？

看到巷口便利商店时，才想起来，当时我总是会在里头买一盒你爱的布丁到巷子口等你，有时是豆花，有时是奶酪，那是当时我唯一会讨好人的方式；也总是在晚上，所以我才从来都不曾记得你家大门的样子。

一直到看见那株栀子花，我才确认你家的位置。

“你听过刘若英的《后来》吗？”

“嗯？”

“里头提到了‘栀子花’，我家的门前就种了一棵。”

那是我第一次确切记下“栀”的读音。

现在都还没忘记。栀子花也还在。

比起我的懵懂与摇摆，当时的你，早就知道自己要的是怎样的爱了。

其实那时我有点儿羡慕你。之后，我们也因为这样而分散，你太清楚你要的是什么，而我给不了。

再也没遇过你，有时候会想知道你现在好不好，却也从来没有去打听你的消息，因为并不觉得遗憾。因为我知道，即使是现在的我，同样也给不起你要的爱情。

你现在好吗？是否得到了你要的爱情了呢？

而我希望你有。

"你好吗？"

"我很好。"

有一天，一定可以真心地说出这句话。

版权登记号：01-2018-2386

图书在版编目(CIP)数据

我们都会好好的 / 肆一著．—北京：现代出版社，2018.8
ISBN 978-7-5143-7150-5

Ⅰ．①我… Ⅱ．①肆… Ⅲ．①散文集－中国－当代
Ⅳ．①I267

中国版本图书馆CIP数据核字(2018)第124187号

我们都会好好的

作　　者　肆　一
策划编辑　王传丽
责任编辑　阎　欣
封面设计　蓝秀婷
出版发行　现代出版社
通信地址　北京市安定门外安华里504号
邮政编码　100011
电　　话　010-64267325　64245264（兼传真）
网　　址　www.1980xd.com
电子邮箱　xiandai@vip.sina.com
印　　刷　北京瑞禾彩色印刷有限公司
开　　本　880mm×1230mm　1/32
印　　张　5.625
字　　数　120千
版　　次　2018年8月第1版　2018年8月第1次印刷
书　　号　ISBN 978-7-5143-7150-5
定　　价　49.80元

Be

the

real

you